松本猫好句集

松本　譲二

文芸社

冬の旅恋に破れて帰り来ぬ

それは、遠い昔の事であった。人は、夢に破れた時は、北へと向かうものである。私の場合、恋愛がうまく行かずに、真冬の日本列島を北へと向かって、旅をした。冬の北海道は、零下29度の身も凍る程の寒さであった。雪を見ると、思い出すのである。

目に青葉光り輝く小島谷

五月になると、木々は緑一色になる。その模様を詠んだ句である。葉が陽射しに映えて、光り輝いているのである。私の住んでいる所は、通称小島谷という。

冬の駅凍てつく中を我行かん

どこの駅か、今は覚えていないが、ホームが凍りついていた。その寒さは、今も私のこころに刻印されているのである。

雪深し彷徨歩きし冬の日々

鳥取は、雪深い所とは、聞いていたが、足が雪にとられるように積もっていた。彷徨は、私にとっては、人として成長する日々であった。

こは日本方言飛び交う雪列車

山形の方言は、さっぱり分からなかった。何を話しているのか、皆目見当もつかなかった。私は、秋田を過ぎて、山形を経由して、東京へと向かっていた。旅も終わったのである。

紫の花めでたさや花蘇芳

春になると、色々な花が咲く。花蘇芳もそのひとつである。細い木にへばりつくように咲くのである。

夕暮れに人恋しきや秋の風

私が32歳の頃に、22歳の女性が私を訪ねて来た。それも夜の出来事であった。愛情があった。しかし、私は背を向けた。それは、真冬の事であったが、夕暮れ時になると、思い出すのである。

夕映えを待つ人恋し枯葉散る

因幡晃という歌手の歌の中に、「夕映えを待ちながら」という歌がある。私が夜勤をしていた頃に、10歳年下の女性を思って、よく聞いていた歌である。

八重桜強風一過散り急ぐ

私の家の周りには、色々な木がある。八重桜もその中の一本である。強風に吹かれて、散る様は、ソメイヨシノの花が散る時のように、素晴らしいものである。花吹雪は、年に一回しか見られないのである。

猫の墓前に座りて春思ふ

昔、猫を飼っていた。野良猫を父が餌付けして、飼い猫にしたのである。その猫も、私が26歳の頃に死んでしまった。父は、墓を作って、遺骸を布で包んで、穴を掘って、埋めた。悲しい事があると、その猫の墓の前に座って、昔を偲ぶのである。

日暮らしや朝より鳴きて人目覚む

日暮らしは、朝と夕に鳴く。朝鳴いて、母は、目が覚める。夏の日に良く、ある事である。

初春の昔を偲ぶ淋しさよ

新しい年を迎えても、私のこころは、遠い昔へと向かう。恋人がいない今となっては、懐かしいだけである。

花の春競ひ咲きたる庭の面

春には一杯花が咲き、私の目を楽しませてくれる。一年のうち、最も花の数が多い季節である。

庭の面白き花咲く冬椿

玄関を出て、庭を見ていた。そこには、白い椿が咲いていた。季節は、冬である。

水仙のその花白く母思ふ

白い水仙の花が咲いている。母が植えたのである。母の趣味は、園芸である。今流に言えば、ガーデニングである。歩いて、10分程の所に花屋がある。毎週日曜日にせり市があり、花を買ってくる。

侘助《わびすけ》のその花白く女思ふ

渡辺淳一原作の映画であるところの「ひとひらの雪」を思い出す。10歳年下の女性との間に愛情はあった。そして、今も思っているのである。

風花に別れし女を思ふ朝

冬の寒い朝で、雪が舞っている。冬の夜に、ほんの10分程一緒に居ただけなのに、まだ思っているのである。

亡き友を偲びつ悼む冬の夜

それは、私が中学生の頃であった。白血病で友人を亡くした。まだ、13歳位であった。その友人は、「僕の分まで生きてくれ」と伝えてきた。そういう気がしていた。死に目には、あわなかったが、その友人の事を思ってきたような気がする。
「ラブ・ストーリーを君に」という映画に出て来たのは少女であり、白血病に罹患していた。その映画を見て涙が出たのは、中学生の頃の同級生の事を思っていたからであったと思う。

冬の雨幸福願ふ女恋し

私は、10歳年下の女性を愛していた。しかし、私の経済状態が悪く、結婚出来なかった。その女性には、幸福になって貰いたかった。今、どうしているかについては、知る由もないのである。

風花に愛した女を思ふ日々

雪が降っている。来生たかおさんの歌を聞いている。「白いラビリンス」という歌である。

北風や彷徨い歩きし日々思ふ

北風が吹くと、あの冬の旅を思い出すのである。二度と会えぬ女性の事を思っているのである。

今朝の雪老いたる母の悲しさよ

雪が降る中を買い物へと行く老いた母を思うと涙が出て来るのである。悲しみや苦しみが続いて行くのであろうか？

午後の日の出窓に射し込む冬日和

小春日和の一日である。出窓越しに陽射しが射し込んでいるのである。

冬の空夕映えを待つ悲しさよ

季節は、冬である。しかし、小春日和である。太陽が西に傾きかけようとして、夕日が沈もうとしている。まだ、10歳年下の女性を思っているのである。

雪深き駅舎を思ふひとり旅

1977年正月に旅をして、愛冠の駅に降りた時の事を思い出したのである。

軒先に氷柱下がりし日もありき

昔の冬は、厳しかった。軒先に氷柱が下がる程の寒い日があったのである。

冬の雨恋人思ふ淋しさよ

雨が降ると思い出すのである。恋の始まりは、いつも雨であった。冬の雨が降っても、別れた恋人を思い出すのである。

山茶花の赤き花見て母思ふ

山茶花の赤い花が咲いている。季節は、冬である。母が植えたのであろうか？　父が穴を掘り、母と一緒に植えたのであろう？

冬枯れの荒れた田を見て伯父偲ぶ

伯父が死に、田は荒れ放題である。米を作る人もいなくなったのである。

冬椿赤き花見て母思ふ

赤い椿が咲いている。ふと母の事を思った。

霜の花ふりしきる雪に女思ふ

私より10歳年下の女性を思っているのである。何年経っても、忘れていないのである。

厄払ひ不惑の年に我悲し

不惑の年齢に達して、厄払いをして、年をとったなあと思うと、悲しくなってくるのである。

思ひ出は幼き頃の雪達磨

正月には、母の実家へと年始の挨拶へと出かけていた。従弟と一緒に、雪達磨を作って、遊んでいたのである。私は、小5の冬から霜焼けに悩まされていた。

節分や出窓の外へ鬼払ふ

毎年、節分の日には、豆撒きをしている。「鬼は外、福は内」という掛け声をして、健康を願うのである。

立春や別れし女を恋ふ夕べ

私より10歳年下の女性は、立春に生まれた。佐野元春さんの「NO　DAMAGE」をプレゼントしようと思ったが、今はもう果たせぬ夢である。

どんよりと雲立ち込むる余寒かな

季節は、冬である。どんよりとした天気で、少し寒い日である。

春寒の風吹き荒るる夕べかな

まだ、春浅い日で、木枯らしが吹いているのである。

荒れた田に蛙鳴く無く伯父偲ぶ

田は荒れ放題で、蛙が鳴く事もない。そして、死去した伯父を偲んでいるのである。

猫の恋夜な夜な鳴いて雌求む

春先になると、雄猫が鳴いて、雌猫を誘うという行動へと出る。それを俳句の世界では、猫の恋と呼ぶ。夜になって、鳴く事が多いようである。

祖母の顔貌に浮かぶ彼岸かな

ここでいう祖母とは、父方の祖母である。祖母は、昭和48年3月28日に、84歳で老衰のため死去した。私が大学に合格した後であった。私が小さい頃に、お使いに行かされて、「はい、お使い銭」と言って、祖母は私にお金をくれた。母には「お印ばかりですが」と言って、届けるようにと躾を受けていた。祖母の死から丸22年経って、詠んだ句である。

ひな祭り友の娘思ふ昼下がり

私は友人と昭和58年12月に知り合った。その後、ブランクがあって、昭和60年夏から交際が始まった。友人は、引っ越した。そのアパートへとひな祭りの日に出かけた事があった。まだ、その長男が生まれる前であった。白酒や雛あられを持って、訪ねた事があったのである。

雪の朝くっきり残る轍かな

その日は、雪が積もっていたのであろう？　朝から出勤する人達の運転する車の通った後がくっきりと残っていたのである。

雪解けにしとしとと落つ水の音

春の足音がしていた。太陽に照らされて、雪が解けて、水がしとしとと落ちる音をきいたのである。

出窓よりぽたぽたと落つ雪雫

出窓の上の方で、雪が解けて、雫となって落ちている風景を詠んだ句である。春は、もうそこまで来ていたのである。私は冬は、好きではない。春先の方が好きである。

春雨に別れし女を思ふ日々

私が19歳の頃に恋人が居た。五月のとある土曜日には、朝から激しく雨が降り続いていた。今も、その女性の事を思っている。春の雨は、愛しき女を連れてきたのであった。もう二度と会う事もないのである。

木蓮のその花白く咲き揃ふ

私の家の周りには、色々な木がある。木蓮もそのひとつである。春先に白い花を付けて咲く。そして、はらはらと散って行くのである。

亡き人を口にす母や彼岸かな

母が死んだ人を偲んで、何か言ったのである。亡くなられた人を口にするのは、供養になるのである。私は、叔父を思っていた。そして、その叔父が酒に溺れて死んでしまったのであった。私は仕事をしていた。もう既に、肝臓をやられていたのである。叔父は、54歳で急死した。会社を休んで、一路長崎へと列車に乗り込んで行った。私は仏門に入ろうと思っていた。私の事を心配しながら、あの世へと旅立った先生方の供養をするためであった。死んだ人の事を思って生きてきた。私の最後の仕事を何にすべきかで迷っている日々を送っているのである。

レンギョウや犬と遊びし日もありき

私の家では、ポチという犬を飼っていた。その犬も死に、私は愛の対象を失った。私は犬は嫌いである。猫の方が好きである。子猫が迷い込んで来た時もあった。生きとし生ける者は、いつかは死ぬのである。私のこころは、昔を彷徨っているのである。昔、人を愛して、自らの命を絶とうとした事があった。私を深いニヒリズムが襲っている。私の生きて来た証を世に問うたが、私は外の社会に対して無力である。生きられるだけ、生き抜いて行くのである。

春雨に肩を濡らして女思ふ

フランス映画である「個人教授」を見ていた。遠い昔の事であった。2歳年上の女性をずっと思って来ていたのである。大恋愛には、終止符が打たれたのである。

シャンソンを聞きつつ叔父を偲ぶ春

平成元年5月11日に叔父が急死した。その葬式に出かけた。その後、杉田真理さんの歌を聞いては、叔父を思っていた。また、酒に溺れるようになっていた。肝臓をやられて、肛門から血が出ていた。仕事も出来ぬようになって、退職したのである。

シクラメンその紫の花揃ふ

シクラメンは、春の花である。色々な花が付く。紫色の花が咲き揃っているのである。

我が心重ねし女や春の雨

私が19歳の頃に、大雨が降って、態態コンサートへと出かけて行った。その5箇月後の夜になって、雨が降った。その女性を思って、詠んだ句である。

満開の曇天に映ゆ八重桜

浮き立つように、八重桜が咲いている。それも満開である。

鶯やアイヌの話に父思ふ

昔、私はアイヌの物語を読んだ。修業に耐えきれずに、死んだアイヌの青年の話であった。息子を亡くした父は、鶯に変身した息子を見た。私は、父のように強くない。ふとそう思った。そして、昔「砂の器」を見て、父と息子の宿命に涙した事もあった。私は、未だに独立出来ぬままである。父を連れて、旅行をしたり、野球を見たりした日々が懐かしい。

花落ちて陛下を偲ぶ春の雨

みどりの日に詠んだ句である。昭和天皇を偲んでいる私が居る。カンナの花を見ると、昭和天皇を思い出していた。長崎国体の時にカンナの赤い花を植えたのである。

オフコース君住む街へ行きし春

オフコースとは、ミュージシャンの事である。その歌の中に、「君住む街へ」という歌がある。大村に絶世の美女が居た。愛の告白も出来ぬままであった。

友と会ふ買ひ物帰りの暑さかな

私は、現業員として働いていた。友と言うのは、先に入社していた現業員の事である。買い物を終えて、帰路に着こうとしていたところ、後ろから、その友達が声をかけたのである。そして、ジュースを飲ませてくれた。その友達は、今はどうしている事やら？

網戸より涼風入る昼下がり

暑くなると、離れの二箇所に網戸を取り付ける。そこから、涼しい風が入って来るのである。

姉の来て暑さの抜ける昼下がり

私には、姉がふたり居る。上の姉は、近くに住んでいる。近くと言っても、バスで1時間以上かかる所に居る。その姉が来て、ビールを飲ませてくれたのである。暑さが抜けて、爽快な気分になったのである。

午後の風柔らぐ暑さに子規思ふ

正岡子規の句に、「気違ひの壁叩きたる暑さかな」という句がある。五月も半ばというのに、暑い日である。昔は、扇風機やクーラーはなかった。気違いのように、壁を叩きたくなるような暑さであったのであろうか？

牡丹切るその花白く母思ふ

母は、植物が好きである。白い牡丹を切って、花瓶に活けてくれたのである。母からは、優しさや思いやりを教わった。その牡丹は、姪が母に贈った牡丹であったと記憶している。

ぶんぶんと蚊の音うるさき五月かな

蚊が鳴いて、ぶんぶんと私の周りを飛んでいる。刺しまではしないが、うるさく鳴いているのである。

涼風にゆらゆら揺るる木立かな

涼しい風が吹いて、木立がゆらゆらと揺れているのである。凌ぎやすい季節である。

暑き日に思ひ出深き歌を聞く

私は、昔流行した歌ばかり聞いていた。この句で詠んだ当時に、どういう歌を聞いたのかについての記憶がない。私の心は、遠い昔を彷徨っているのである。

暑気払ひソーメンを食う暑さかな

私の家では、夏には、ソーメンを食べる。それが消夏法である。私は、夏が好きである。暑いが、体力は少しも落ちないのである。叔父の消夏法は、冷えた豆腐、冷や奴を食べる事である。

水無月や雲立ち込むる雨上がり

梅雨に入った。雨は止んでいる。空は、曇りがちである。

肌寒き水無月の雨降り続く

梅雨の最中である。少し肌寒い気がしている。雨が降っているのである。

水無月や雲間より見ゆ青き空

梅雨の晴れ間である。雲の間から、青空が見えているのである。

紫陽花の色とりどりの美しさ

庭には、紫陽花の花が咲いている。母が、その花を切って、花瓶に活けているのである。

網戸越し梅雨晴れの空漏れて見ゆ

網戸越しに外を見ていた。青空が見えたのである。

梅雨晴れやユッカの花の白さかな

ユッカとは、君が代蘭の別名である。私が大学時代の後期に、「会計学」を受講していた時に、その担当教官である平尾講師が、口にされた花であった。

杏の実そを煮て食う昼餉《ひるげ》かな

杏の実は大きい。その実は、食べられる。煮て食べたのである。それも、昼に……。

喉渇きビールを飲みたき暑さかな

暑い時には、ビールを夕食に飲むのが最高である。何と贅沢な事か？

喉渇き麦茶を飲みたき暑さかな

喉が乾く時は、麦茶が一番いい。熱湯にパック入りの麦茶を入れて、暫く冷ましてから、冷蔵庫で冷やすのである。汗をかいた後の麦茶は、最高である。

テラスにて暑さ強けりアルバイト

私は、職業安定所では、軽作業程度と言われていた。そこで、ハウステンボスへと申込書を送付していた。1992年2月にPAセンターにて、研修を受けた。その際に、厨房補助の仕事をする事に決めた。それも半年の内、土曜と日曜、そして祝日で終わったのである。以来、仕事はしていないのである。

昼食は時に冷え物暑さ抜く

夏の暑い日は、冷えた食物がいい。冷や麦や冷やし中華が最高である。私の家では、昼食後には、いつも牛乳を飲んでいる。カルシウム分をたっぷりと吸収しているのである。

筍に亡き伯母思ふ夕べかな

春先になると、伯母が筍を持って来て、母は、それをむいて、煮て、食べていた。その伯母も79歳で死去した。信心深い伯母であった。

びわを食う昼食時や楽しけり

びわは、オレンジ色をしている。熟すると実は、甘い。皮をむいて、食べる。その種は、咳止めに使うのである。薬となるのである。

しとしとと雨降り続く梅雨の中

梅雨に入ってから、詠んだ句である。中と書いて、うちと読む。

小椋佳六月の雨や二人だけ

六月になり、雨が降ると、決まって、「六月の雨」を聞く。私が、19歳の頃に、よく聞いた歌である。

紫陽花に白き花あり葉は緑

紫陽花の花言葉は、移り気である。七変化と言われるように、七色の花が咲くのである。白い花を付ける事がある。昔、人を愛して、その女性を思っていた頃が、丁度紫陽花の花の咲く季節であった。

百合の花その花赤く夏近し

赤い百合の花を母が切って、花瓶に活けている。もう夏至も過ぎて、梅雨が明ければ、暑い夏となるのである。

地より伸ぶその細き木や今年竹

若竹が生えて来た。その細い木は、手で折れば、すぐに折れそうである。

紫蘇の葉をむしり取りたる父と母

梅干しをする季節である。梅は元々緑色をしている。赤紫蘇《あかじそ》を瓶の中へと入れるのである。

梅雨晴れや風ひとつなき小島谷

梅雨の晴れ間である。無風状態である。やがて、この谷にも夏がやって来るのである。

年老いた母休みたる暑さかな

母は、暑さと腰痛でくたくたに疲れて、寝転んでいる。

涼風や出ずれば暑し家の外

出窓から、涼しい風が入って来る。外に出れば、暑い。

暑き日に転た寝をする昼下がり

昼食を終えて、ゆっくりと休んでいたら、眠気に襲われて、ついうとうと眠ってしまったのである。

足元を這ひ回りたる毛虫かな

季語は、毛虫である。もう夏である。

夜中より雨足強き文月かな

梅雨明け前の雨である。激しく降り続いているのである。

銀箭の雨降りしきる文月かな

箭のように細い雨が降っているのである。

昼下がり小鳥囀る文月かな

雨も降り止んで、小鳥が囀っている。のどかな風景である。

目に青葉涼風無き日の暑さかな

もうすぐ、夏である。青葉が眩しい程である。しかし、風は無く、少し暑いと感じる日々である。

友来たる涼風入る夏の朝

午前中に友達が訪ねて来た。夏になったが、今日は凌ぎやすく、涼しい風が入って来るのである。

早咲きのコスモス揺るる涼しき日

秋の花であるところのコスモスが咲いている。風に揺れて、涼しい日である。

蟬時雨グレープの歌聞こゆ夏

グレープの歌の中に「蟬時雨」という歌がある。大きな木に一杯蟬が集まって、鳴いているのである。季節は、盛夏である。

会ひたいと我に気を寄す暑き午後

誰かが私に会いたがっているような気がして、詠んだ句である。

夏草をむしり取る後の暑さかな

父とふたりで、土手の草を刈っている。一仕事終えると、暑いと感じる程である。

青き空涼風そよぐ蟬時雨

夏の空は、真っ青である。涼しい風と蟬の鳴く声がするのである。

夕刻に日暮らしの鳴く暑さかな

日暮らしは、秋の季語である。朝と夕方に鳴く。残暑が続く。

月下美人蟬より短かきその命

月下美人の花が開いた。ほんの数時間咲いているだけである。

涼風やじーあじーと鳴く声す

油蟬が鳴いている。涼しい風が吹いているのである。

タンクトップ汗の流るる暑さかな

タンクトップを着ていても、汗の流れる程の暑さである。

行く末を案じて沈む夏の午後

将来に向かって、希望を持てずに、落胆している私が居るのである。

蟬鳴くや涼風入る夏の朝

蟬が鳴いている。涼しい風が出窓から入ってくるのである。夏の朝の涼しい一時である。

四十路坂越え行く我に染む暑さ

不惑の年を過ぎて、坂を上っている。暑さが身に染みる事であるよ。

原爆忌厳しき師思ふ夏の朝

今日は、長崎へと原爆が投下された日である。大学時代の恩師をふと思い出したのである。人格者であり、厳しい先生であった。

俄雨降り止みて後蟬時雨

雨がざーっと降った後になって、静かであったのが、また、蟬が鳴き出して、騒々しくなったのである。

女思ふ夏の夕暮れ我悲し

10歳年下の女性を思い、「夕陽の中で」を聞いているのである。

昼下がり玉の汗出る酷暑かな

8月24日の句である。残暑が厳しく、汗が出る程である。

空曇り涼風そよぐ昼下がり

空は曇っている。涼しい風の入る午後の時である。

夏の午後西風の吹く涼しき日

西から涼しい風の入る午後を迎えている。

昼は蟬夜は鈴虫季《とき》移る

夏から秋へと季節が移って行くようになった。昼間は、蟬が鳴いている。夜になると、涼しくなって、鈴虫が鳴いているのである。

俄雨一雨後の暑さかな

雨が降っている。俄雨である。止んだ後になっても、焼け石に水で、暑さが残っていることであるよ。

大雨に別れし女を思ふ夏

大雨の降る日には、決まって2歳年上の女性を思い出すのである。大雨の降ったのは、春であった。季節がいつになっても、思い出は、心の中にあって、出て来るのである。

雷雨来て別れし女を思ふ朝

夏の風物詩である。雷雨が降って、別れた女性を思っているのである。

ボクシング手に汗握る暑さかな

タイトル・マッチを見ていた。私は格闘技が好きである。手に汗をかく程に、白熱した試合である。

夏過ぎてコオロギ鳴くや秋近し

夏も終わって、コオロギの鳴く季節になった。秋ももうすぐそこに来ているのである。

秋風にゆらりゆらりと木立かな

季節は、もう秋である。風が吹いて、木がゆらゆらと揺れているのである。

冷ややかに秋風入りて衣重《きぬ》ぬ

就寝の時刻となり、出窓から風が入って来る。肌寒い感じで、蒲団を一枚重ねたのである。

サボテンに別れし女を思ふ秋

「サボテンの花」を何度も聞いた。冬を乗り越えて行く時に、聞いていた。母からサボテンを貰った。サボテンは、手のかからない植物である。別れた女性をいつも思っている。冬の日に別れたのに、秋になっても、季節が変化しても、忘れていないのである。

空しさに悩む我が身に秋の風

今からどうやって生きて行こうかと思っている。何をしても同じという虚無感がある。お金を稼ぐ事の楽しさもあった。仕事をして、充実感を味わっていた頃もあった。季節は、もう秋である。

秋風やすわ鎌倉と馳せ参ず

「鉢の木」をNHK教育テレビで見た事があった。鎌倉幕府の頃の事が描いてあったドラマであった。

父の背に夏の祭りの香臭ふ

父は50ccのバイクに、私を乗せて、花火を見るために連れて行ってくれた。幼い頃のいい思い出である。

伯母の背に負はれし日々を思ふ秋

伯母は、幼い私を背負って、街へと連れて行ってくれた。「お街に行くときゃお手振って」と言っていたのである。

トンボの尾糸をば付けて遊びけり

トンボを捕まえて、その尾に糸を付けて、飛ばして、遊んでいた日があった。

昼下がり大政治家を偲ぶ秋

1995年7月5日に90歳で死去した政治家が居た。その政治家を偲んで、詠んだ句である。その政治家の苗字は、福田である。総理経験者であり、経済の立て直しを全治3年と診断して、見事に立て直したのである。

秋風や資材置場の音近し

秋風の吹く頃になると、近くにある資材置場から騒々しい音が聞こえて来るのである。

長月や雲ひとつなき青空よ

秋晴れの日である。もう九月になったのである。

青空にそよ風そよぐ九月かな

青空の下で、そよ風が吹いている。

女思ひ海へ行きたき九月かな

「メモリー」という歌の世界のように、夏に恋して、秋になって、なくした恋を懐かしむように、海へと行きたいのである。

孫の手で背を掻く父や敬老日

敬老の日である。孫の手で、父は背中を掻いている。

青空や彼岸間近に祖父思ふ

祖父とは、母方の祖父である。昭和47年9月16日に死去した。当時、私は高校生であった。受験を前にしていた。夏休みに祖父を最後に見た。

菊の花この世を去りし伯母《おば》偲ぶ

伯母は、入院していた。私が見舞いに行った時には、目が左右に動くだけであり、話も出来なかった。その死後に、私は喪に服していた。折しも、天皇家の喪中であった。

コスモスに嫁ぎし姉を思ふ秋

姉は、大阪へと行った。以来、私は両親と三人暮らしとなった。昭和47年10月27日に挙式であった。

蟷螂《かまきり》の車に轢かれて死にてけり

煙草を買いに、道を歩いていたら、カマキリが死んでいた。自家用車に轢かれて死んだのであろうか？　まだ、その体は、緑色をしていた。

枯葉散る秋晴れの空に鰯雲

枯葉の散る季節である。空を見上げると、鰯雲が浮かんでいた。

俄雨降り止みて後秋日和

ざーっと雨が降ったかと思うと、今度はいい天気になり、秋晴れの空が広がっているのである。男心と秋の空と言ったり、女心と秋の空と言ったりする。

煙草の火点けて吸ひ吸ひ日向ぼこ

私は、煙草を19歳の頃から吸い出した。今は、一日に二箱吸っている。

霜月や日溜まり恋し冬近し

もう11月になった。コタツを出すのは、まだである。私の家では、12月にならないと出さないのである。日溜まりの恋しい季節となり、やがて冬がやって来るのである。

カマキリを外へと放る秋の午後

寒くなると蟷螂は、お縁のガラス戸にくっついている。そして、時々中へと入って来るのである。その度に、外へと放り投げるのである。

霜月や白く浮き立つユッカかな

ユッカの白い花が咲いている。寒い中で、浮き立って、咲いているのである。

霜月や小雨に煙るユッカかな

ユッカという花の別称は、君が代蘭と言う。

霜月や重ね着をする寒き朝

真冬並の寒さである。服を重ねて着る程に冷え込んでいる。

立冬や風吹き荒るる寒さかな

今日は立冬で、暦の上では、冬である。木枯らしが吹いている。家の外へと出ると、身も縮む程の寒さである。

雹の降るその音強き霜月よ

大きい粒の雹が降っている。瓦に叩きつける程に大きな音を立てて、降っている事だよ。

霜除に植木を移す霜月よ

蘭の花は、冬には、出窓の下に移して、囲いをする。すべて母がしている。母の趣味は、園芸である。

北風に別れし女を思ふ朝

さだまさしさんの歌の中に、「向い風」という歌がある。北風が吹くと、決まって、その歌を聞いている。私より10歳年下の女性を思っているのである。

枯れ蟷螂踏み付く我に挑みけり

カマキリは、冬になると、体が茶色になる。私がサンダルで踏んだら、鎌を持ち上げて、挑む恰好をしたのである。

夢を追ひ夢に迫はるる去年今年

私の夢のひとつに、ギタリストになるという夢があった。オーディションを受けるつもりで、練習したが、腕が落ちてしまっていて、受けなかったのである。

風花に恋しき女よラビリンス

昭和西濃に在職していた。雪の降る中をホームで作業していた。今日も、雪が降っている。仕事をしていた頃の事を思い出したのである。

霜降りて寒さの中で吾目覚む

小島谷の冬は、寒い。朝から霜が降っている。朝方寒さで目が覚めたのである。

うとうとと眠れし吾や霜の朝

うとうとと眠っていた。目が覚めたら、霜が降っていた。寒い朝である。小5の頃から霜焼けで悩まされて来た。今は、霜焼けひとつしないのである。

昼下がり恵みの雨降る睦月かな

佐世保市は、慢性の水不足である。今日は雨が降っている。恵みの雨である。

ちらちらと雪降る朝や風強し

雪がちらちらと降っている。季節風も吹いている。寒い朝である。

建国日お薬師様の祝ひかな

2月11日は、建国記念日である。私の住んでいる部落には、薬師堂がある。毎年2月11日には、お金を出し合って、講が行なわれるのである。

朝霧や山茶花の花浮き立てり

霧のかかっている朝である。山茶花の赤い花が浮き立つように、咲いているのである。

山茶花のトンネル抜けて小径行く

玄関を出て、石段を降りると、そこはトンネルのように、山茶花が生い繁っている。その下を通って行くのである。

山茶花や今を盛りと咲きにけり

山茶花は、冬の季語である。赤い花が開いて、今を盛りと咲いているのである。

初頭《はつあたま》風に吹かるる寒さかな

散髪をした。頭に冷たい風が当たって、寒いのである。

春日和うとうとと寝る昼下がり

小春日和である。昼食を終えて、離れでうとうとと眠っているのである。

逃げ月や一日多き暦かな

今年は閏年である。また、オリンピックの年でもある。

逃げ月や北風強き昼下がり

まだ北西の季節風が吹いている。寒い一日である。

逃げ月や霜の降りたる寒き朝

二月は、逃げ月という。霜の降る寒い朝である。

如月や恵みの雨降る夕べかな

雨が降っている。ダムの水が増えるのである。慢性の水不足には、恵みの雨と言い得るのである。夜まで雨が降るのであろうか？

貯水率UPUPの如月よ

雨が降り、ダムの貯水率もUPしているのであろうか？

啓蟄や晴天の日に鳥集ふ

今日は、啓蟄で、虫達が土の中から這い出してくる日である。鳥達も元気に飛び回っているのである。

曇天に鶯囀る弥生かな

もう春である。鶯が囀っているのである。

雨上がり曇り空見る弥生かな

雨上がりの空は、どんよりと曇っている。もう三月である。

雨降って暖かな日よ弥生かな

一雨毎に春めいてくる。寒さももう少しである。

こんもりと花の咲きたる椿かな

離れの近くに椿が植えてある。大きい木である。春先に一杯花を付けるのである。花の色は、赤である。

三月や鶯の声冴え渡る

鶯の声が、小島谷に響いている。鳴く声も鮮やかである。

菜種梅雨降り終えて後強き風

一雨毎に、春が近づいて来るのである。

強き風静寂戻る弥生かな

風が強く吹いていた。その風も止み、静かになったのである。春の嵐である。

鶯と小鳥囀る弥生かな

鶯や小鳥の囀りが聞こえて来る。もう春である。

詩を書きて昔を思ふ弥生かな

昔の出来事を思い、詩として形としているのである。

去る月や風強き日に肌寒し

三月は、去る月である。風が強く吹いて、少し寒いと感じる日である。

誕生日子供と遊ぶ弥生かな

母の誕生日であったか？　姪の息子と遊んでいたのであろう？

花蘇芳薄紫の花多し

花が細い木にいっぱいへばりついている。春の盛りである。

レンギョウや黄色き花の数多し

レンギョウの花の色は、黄色である。その花が散ると、後は緑色の葉が一杯つくのである。

こぶしの花その白き色に目奪わる

こぶしの花は、白い色をしている。その白さに、目も奪われんばかりである。

寒戻り冷たき風吹く卯月かな

4月というのに、肌寒い日である。寒の戻りではなく、花冷えなのかも知れない。

夕暮れに烏鳴くなり卯月かな

夕方になって、カラスが鳴いている。もう四月である。

塒へと帰る烏や卯月かな

カラスが巣へと戻って、群れをなして飛んでいる。

鶯の歌を好むや卯月かな

ラジオからは、歌が流れている。それに合わせて、鶯が囀っているのである。

つつじ咲く色とりどりの庭の面

つつじが満開になり、春爛漫といったところである。

お花見は花を見ながらと母の云ふ

今年は、尾崎公園へとは行く事が出来なかった。家の中で、花見をしているのである。

八重桜車庫の上へと咲き広がる

八重桜が咲いている。その枝が、車庫の上まで伸びているのである。

鶯の吾を起こしに春の朝

鶯が朝から囀って、私を起こしにやって来たのである。

草刈るや汗ばむ程の五月晴れ

父が草を刈り、私がその草を集めて、運んでいるのである。汗が出る程に働いたのである。

刈り終えてビールを飲むや五月かな

色々と仕事をした時は、そして、特に夏には、母がビールを飲ませてくれるのである。

鶯の雨宿りする五月かな

五月雨の中で、鶯が囀っている。雨を避けて、どこかの木の上に居るのであろう？

五月雨に蛙鳴くなり昼下がり

雨が降って、嬉しそうに蛙が鳴いているのである。

母の日の祝ひ催す五月晴れ

5月の第2日曜日は、母の日である。天気がいい。五月晴れの良い天気である。

夏草や中に咲きたる薊かな

薊が咲いているのである。薄紫の色をしている。

薊咲く道を行く日の暑さかな

煙草を買いに行く時に、薊の花が目に入ってくるのである。もう夏が近いのである。

雨蛙一斉に鳴き俄雨

雨が降る前には、蛙が鳴くのである。ザーッと雨が降って来たのである。

蟬時雨聞こえてきそうな暑さかな

まだ蟬は鳴いていないが、暑い日である。蟬の鳴き声が聞こえてきそうである。

五月雨に別れし女を思ふ午後

私の恋は、五月に始まって、冬に終わった。大雨の中を態態コンサートへと出かけて行ったのである。

梅雨晴れに涼風入る午後の時

梅雨の晴れ間である。出窓から涼しい風が入って来るのである。

人恋し遠く離れて水無月よ

人恋しい日である。その人は一体誰であろうか？

雨降りて歌を聞きし吾に涙

「銀の雨」を聞いていたら、涙が出てきたのである。

元日や風吹き荒るる昼下がり

年明け早々、強風が吹き、雷まで鳴っている。1997年元旦である。

行く月や残り少なき暦かな

一月は行く月である。そして、今日で一月も終わる。

春日和陽射し暖き睦月かな

小春日和の暖かい日である。

寒き朝遠くに見ゆる白き嶺

寒い朝である。烏帽子岳は、うっすらと雪が降って白くなっている。

行く月や今日を最後と惜しむ吾

今日で一月も終わりである。空しく時が過ぎて行くのである。

如月や青空広がる春日和

今日から二月である。青空の見えるいい天気である。

手を合わせ拝む観音春日和

友達がくれた平和観音を拝んでいるのである。今日もいい天気である。

春雨や降りみ降らずみ寒戻り

雨が降ったり、止んだりしている。寒さがぶり返してきたのである。三月の句である。

レンギョウの花の咲きたる春日和

段々と春めいてきた。レンギョウの黄色い花が咲いているのである。

春の雨愛しき女を連れてくる

私が19歳の頃の出来事を詠んだ句である。激しく雨の降る中をコンサートを聞きに行ったのであった。恋愛の始まりであり、やがて空しく消えて行ったのである。

八重桜今を盛りと咲きにけり

八重桜が満開になっている。四月中旬に詠んだ句である。

ぬばたまの夜に来し女を思ふ春

１９８7年2月15日午後6時10分に、私より10歳年下の女性が訪ねてきた。その女性は、私と同じ会社で、経理事務員として働いていた。臨時であった。私にさよならを言いにきたようであった。私は、別れることを決めていた。背中を向けたのである。以来、11年経ってしまったのである。

春風に散り始めたる八重桜

八重桜が春風に吹かれて、散り始めたのである。

つつじ咲く道を行くや弥生かな

つつじが満開である。土手にずらりと植えてある。

色とりどりに咲き乱れたるつつじかな

赤や白、色々な花が咲いている。春爛漫である。

冬の夜に来し女を恋ふ夕べ

10歳年下の女性の事を思っているのである。

道すがら薊の花を見つけたり

道を歩いていると、薄紫色の薊の花が目に入ってきたのである。

八重桜散りて小径を埋めてけり

八重桜の花が散って、道を埋めているのである。

花蘇芳薄紫の花褪せり

花蘇芳の花も黒っぽくなって、色が褪せてしまったことだよ。

蛙鳴き雨降りだすや弥生かな

雨が降る前に、蛙が鳴いているのである。

春雨やしとしとと降る弥生かな

春の雨は、優しく降る。ふと「春の雨はやさしいはずなのに」という小椋佳さんの歌を思い出すのである。

出窓越し雨垂れ落ちる弥生かな

丸山圭子さんの「どうぞこのまま」が似合う季節である。出窓からぽたぽたと雨粒が落ちているのである。

出窓より涼風入る立夏かな

今日は立夏、暦の上ではもう夏である。涼しい日である。

薄紫の花開きたる薊かな

夏の到来である。薊の花が田の近くの道端に咲いているのである。薄紫色の花が咲いているのである。

目に青葉小鳥囀る五月かな

青野鳥窓様の優秀句の中の一句に入選した句である。青葉の季節となり、小鳥が囀り、もう夏はそこまで来ているのである。

大雨や蛙鳴くなり五月かな

大雨が降っている。蛙の大合唱が聞こえてくるのである。

鶯の囀り谷に風薫る

心地良い風が吹いている。鶯が囀っている。その音が谷に響き渡っているのである。

雨蛙大合唱の梅雨かな

梅雨入りして、田んぼで蛙が鳴いている。沢山いるようである。

梅雨入りや静けさ戻る雨上がり

どしゃぶりしていたが、雨も止んで、静かになったようである。

梅雨晴れや木々ゆらゆらと夏近し

梅雨の晴れ間で、風が吹いて、木がゆらゆらと揺れている。夏は、もうすぐそこまで来ているのである。

梅雨晴れに買ひ物に行く暑さかな

歩いて10分かかる店まで、買い物へと行くのが、私の仕事である。両親と三人で暮らしているのである。重い荷物は、父が台車をゴロゴロと転がして、買いに行くのである。父が買いに行くのは、米や焼酎、そして灯油である。

六月や鶯の声真似て見る

鶯の声を口笛で真似ているのである。六月というのに、まだ鶯の声が聞こえて来るのである。

月下美人一夜限りの命かな

月下美人が開いた。ほんの数時間しか花は咲かないのである。

鶯の声まだ聞こゆ文月かな

7月というのに、まだ鶯の声が聞こえてくるのである。夏に啼く鶯を老鶯と云う。

梅雨晴れや蟬時雨する文月かな

もう夏である。梅雨は明けているのであろうか？　蟬が盛んに鳴いているのである。

出窓より涼風入り蟬時雨

涼しい風が、出窓から入ってくるのである。蟬が鳴いている。

台風の風雨一過蟬時雨

台風が通り過ぎて行った。風雨もおさまり、蟬が鳴いている。

蟬時雨かんかん照りの暑さかな

真夏である。酷暑の中で、蟬が鳴いているのである。

出窓より涼風入り暑さ抜く

今日から8月である。もうすぐ秋である。涼しい風が、出窓から入ってくるのである。

そして、暑さも柔らいでいる。

法師蟬近くで鳴くや葉月かな

8月に入って、法師蟬が鳴くようになった。もう秋である。

油蟬葉に捕まりて鳴く暑さ

油蟬が鳴いている。木の葉に捕まって、鳴いているのである。

油蟬次はどの木へ飛ぶのやら

油蟬が、あっちの木で鳴き、こっちの木で鳴いているのである。忙しいものである。

八月や遠くに聞こゆ蟬時雨

8月も下旬となり、蟬時雨も遠くに聞こえるようになった。もうすぐ秋である。

ぬばたまの夜に鳴き続く鈴虫よ

8月ももうすぐ終わる。昼間は、蝉が鳴いているが、夜には鈴虫が鳴き始めたのである。夏から秋へと季節が変わって行くのである。

夜風にも秋を感ずる残暑かな

暑さ、寒さも彼岸までという。もうすぐ秋彼岸である。

もじきにて柿を取りにし日もありき

もじきというのは、柿を取るための道具である。柿の枝を折り、柿を取るのである。

彼岸入り萩の花咲く九月かな

彼岸の頃には、萩の花が咲く。そして、萩饅頭を食べるのである。

秋晴れや木々は緑に輝やけり

10月8日に詠んだ句である。秋晴れの凌ぎやすい一日である。

蟷螂の轢かれて哀れ枯葉散る

カマキリが轢かれて、その傍らに、枯葉が落ちているのである。

秋の午後心洗はるアランフエス

アランフエス協奏曲を聞いている。私はギターが好きである。

霜月や寒風吹き荒る初時雨
北風が吹き、時雨模様である。もう冬である。

日向雨吾に染み入る寒さかな
雨が降っている。日向雨である。私は寒い思いをしているのである。

寒風の吹き荒るる師走かな
もう12月である。1997年も終わるのである。

しとしとと雨降り続く師走かな
師走となり、時雨模様である。雪は、まだ降っていない。

山茶花の花の散りたる師走かな

赤い花が散っている。山茶花は、冬の季語である。

たらちのね母に守られお正月

正月を前にして、母は、私に門松の飾り付けをするように言った。「お正月の来た。はい、お年玉」と言い、私に5000円くれたのである。私は、母に守られているのである。

遠く見ゆ山霧棚引く睦月かな

遠い山の方を見ると、霧がかかっていた。もう年が明けて、1998年になったのである。

しとど降る雨に煙るや睦月かな

雨が降って、当たりには霧がかかっている。街は、雨に煙っているのである。

霜降りて山影となる寒さかな

霜の降った朝である。寒い日である。

節分や年の数程豆食べず

私は、もう43歳になった。豆撒きをして、豆を食べた。

立春やしとど雨降る女恋ひし

10歳年下の女性は、立春に生まれた。今も忘れていないのである。

Wednesday別れし女を思ふ春

大滝詠一さんの歌の中に、「雨のウエンズデイ」という歌がある。「さよならの風が君のこころに吹きあれても、知らん振りしているさ」とかいう詩がある。10歳年下の女性との間には、いつか別れる日が来ると思っていたのである。

パラパラと雨降る午後や雨水かな

雪が雨に変わって行き、春の到来は、もうすぐそこである。

曇り空春の音する雨水かな

2月19日に詠んだ句である。もうすぐ春がやってくるのである。

ポッポッと花開きたる黄水仙

冬から春へと季節が移り変わる時期である。

春雷や一雨降りて寒戻り

雷が鳴っている。3月の中旬であるが、まだ寒い日である。

紫の花の付きたる桜かな

母は、緋寒桜を買ってきて、私は取りに行った。その重たい事は、私の腕が覚えている。

春浅き雨降り頻る彼岸かな

寒さも彼岸までである。彼岸に入ってから、雨が降っているのである。もう季節は、春である。

雨降りて蛙迷ひ込む彼岸かな

雨蛙が迷い込んできた。ティッシュ・ペーパーで、捕まえて、外へと出してやったのである。

初蝶や荒れた田を舞ふ弥生かな

今年初めて、蝶を見た。もう春である。紋白蝶である。

春の雨一雨毎の暖かさ

一雨降ると、春が近づいてくるのがわかる。暖かい日がやってくるのである。

春風に枝揺れ動く八重桜

八重桜が咲いている。春風に吹かれて、ゆらゆらとその枝が揺れているのである。

満目に咲き乱れたるつつじかな

私の家の周り、正確には土手には、つつじを一杯植えている。長串山のように、一面につつじがあるのである。

薊花野辺に咲きたる弥生かな

薊の花が咲いている。薄紫の花を付けているのである。

目には青葉山鶯や夏近し

青葉が目に染みる季節となった。まだ鶯が囀っている。もうじき夏がやってくるのである。

雨降りて小粉団の花散りてけり

コデマリの花が、雨にうたれて、散ってしまった事だよ。

五月晴れ目に青葉かな風薫る

風薫る五月になった。凌ぎやすい季節である。

梅雨晴間鎮守の森のほととぎす

私の住んでいる部落には、鎮守神社がある。自宅からは、鳥居は見えない。明治時代につくられたと父から聞いた。鎮座から100年余り経っているのである。その森で、ほととぎすが鳴いているのである。

俄雨打水のごと降りにけり

雨が降って、暑かったのが、今度は涼しくなったことだよ。

寝転べば西日の当たる暑さかな

夕食を終えて、離れに来ると、暑い。冷房は、夕食の時だけである。このところ、熱帯夜が続いているのである。体調は崩れていない。食欲は旺盛である。

法師蟬かまびすしく鳴きにけり

法師蟬は、秋の季語である。うるさい程に鳴いているのである。蟬時雨とは、違う。法師蟬は、つくつくぼうしと鳴く。父は、法師蟬の鳴く声を聞いて、「ずくっしょの鳴きよる」と言った。ずくっしょとは、方言であろうか？ 私には理解出来ない。法師蟬は、つくつくぼうしと繰り返して鳴いて、最後は、ずくっしょという風にも聞こえる。

蟬時雨法師蟬のみ鳴く残暑かな

季語がふたつある。法師蟬と残暑である。季節は、夏から秋へと移り変わっているのである。

蟬時雨夜は秋の虫鳴きにけり

昼間は、蟬が鳴き、夜になると秋の虫が鳴いている。

日没と共に鳴き出す秋の虫

日没直後に、一斉に虫達が鳴き、秋になったという感じがする。

車窓より白き花咲くユッカ見ゆ

列車の中から駅のホームを見ていたら、ユッカの白い花が咲いているのが見えた。季節は、夏である。ユッカは、夏の季語として、「歳時記」に掲載されている。

道行けば葉に水玉や白露かな

白露の日の朝に、たばこを買いに行った。何の葉か知らぬが、水滴が丸く付いていた。白露というのは、その後になって、気象情報を見て、知った事である。

夕暮れに法師蟬鳴く残暑かな

今年の夏は、暑かった。秋の彼岸に入ってからも、夕方に法師蟬が鳴いていた。

待ちわびる恵みの雨降る九月かな

雨が降った。ダムの貯水率が70％を切った。後で知った事であるが、九月の降雨量は、平年の4割程度であった。10月に入って、また雨が降った。

法師蟬かまびすしく鳴きにけり

季節は、夏から秋へと移っている。法師蟬の鳴く声が、私にはうるさく感じられるのである。

蟬時雨法師蟬のみ鳴く残暑かな

残暑が厳しい。夏の名残か？　法師蟬だけが鳴いているのである。

蟬時雨夜は秋の虫鳴きにけり

昼間は、蟬が鳴いている。夜になると秋の虫達が鳴いているのである。

日没と共に鳴き出す秋の虫

日暮れ時には、もう秋の虫達が鳴いていることだよ！

車窓より白き花咲くユッカ見ゆ

季語は、ユッカである。列車の窓から、ユッカの白い花が咲いているのを見つけたのである。

道行けば葉に水玉や白露かな

煙草を買いに出かけた。緑色の葉には、水滴があった。白露というのである。

待ち侘びる恵みの雨降る九月かな

一九九八年九月二十四日に詠んだ句である。私の住んでいる佐世保市は、慢性の水不足である。少しでもいいから雨が降ればいいのである。

八重桜狂ひ咲くなり神無月

陽気のせいか？　八重桜が咲いている。もう十月の中旬というのに……。

秋晴れの空に泳ぐや鰯雲

秋晴れのいい天気である。天高く、馬肥ゆる秋である。秋らしく、鰯雲が浮かんでいるのである。

悩み事一杯抱え冬に入る

今年も不作であった。一九九八年も終わる。

北風に向かって歩く去年今年

一九九九年を迎えて、年老いた両親と共に、生活をしている現状を打破せねばならないという決意を込めた句である。

目覚めれば霜の降りたる寒さかな

霜の降りる程の寒さである。島谷の冬は寒いのである。

冷え込みて着物を重ぬ寒さかな

冷え込みが厳しく、服を一杯着るほどの寒さである。

山茶花やその紅の花咲けり

山茶花は、冬の季語である。紅色の花が咲いている事だよ！

冬至る七日遅れの柚子湯かな

冬至に柚子湯に入るという習慣がある。無病息災を願うという事である。

春日和水瓶の減る師走かな

ダムの貯水率が下がっている。この句を詠んだのは、一九九八年十二月三十日であった。今日は、三月六日である。減圧給水は、三月二十五日迄延期された。

侘助の花を啄む小鳥かな

侘助の白い花を小鳥が食べに来るのである。

春日和藪せせる小鳥や睦月かな

小鳥が薮の中をチョコチョコと歩いて回っている。小春日和のいい天気である。

友の娘《こ》に白酒贈りし雛祭り

友とは、岩村さんの事である。娘さんが二人いる。もう中三と中一である。

耳の日や大声を出す父の側

三月三日は、耳の日である。歳時記には載っていない。季語として通用するのではないかとも思う。父は、耳が遠く、大声で話さないと聞こえないのである。

厄年を迎えし姪や三月よ

私には姪が三人いる。一番上の姪は、数えの三十三歳になり、本厄に入ったのである。

寒戻り小雨パラつく弥生かな

寒さが戻ってきて、小雨が降っている。一雨毎に春が近づいてくるのである。

初恋の女に会ひたき弥生かな

二歳年上の女性に会ってから、丸二十六年が経った。会いたい気もする。

初恋の女の声聞く弥生かな

早く職に就くんよという懐かしい声がした。

しとど降る恵みの雨や弥生かな

しとしとと雨が降っている。恵みの雨である。

小雨降る暖かな日よ春近し

雨が降っている。暖かい陽気である。春は、もうすぐそこである。

肌寒き霧煙りたる弥生かな

肌寒い日である。霧が出て、ぼんやりとしている。

道行けば陽射し眩しき紋黄蝶

紋黄蝶が飛んでいる。春ももうすぐである。

鶯の初鳴きするや小雨降る

鶯が鳴いている。ほんの数秒であった。もう春である。

春一番吹いて暖か弥生かな

風が吹き荒れている。暖かい風である。冬も終わる。私の好きな春がやってくる。今日は、快晴の天気である。老い先短い父である。父の強さには、私は呆然とするだけである。母も強い。今から先の事を考えねばならない。母は、三月二十七日で、満七十七歳になる。年老いて行くばかりである。やがて、離別の時が来るであろう？　今が一番幸福である。

木蓮の花開きたる弥生かな

離れの近くには、木蓮の木がある。白い花が開いている。

寒戻り強風吹き荒る弥生かな

彼岸を前にして、寒の戻りがあり、強い風が吹いている。

白蓮の咲き揃ひたる弥生かな

白い木蓮の事を白蓮と云う。白い花が一杯咲いているのである。

寒戻りストーブ恋しき彼岸かな

気温は、十度くらいである。ストーブを焚きたいくらいの寒さである。昨年末に、父と一緒にストーブを買いに出かけた。ファン・ヒーターを買った。

母買ひし出窓を飾るヒヤシンス

母の趣味は、園芸である。セリへと行っては、植物を買ってくる。離れは、私専用の部屋となっている。煙草の臭いを消す為に、買ってきたのである。

しとど降る肌寒き日や彼岸明け

今日は、朝からしとしとと雨が降っている。この一カ月は、気温が高く、降水量も多いという予報が出ている。少し肌寒い日である。暑さ寒さも彼岸までと云う。一雨毎に、春が近づいてくるのである。レンギョウの花も咲いている。

木蓮の小雨に濡れて凋れをり

満開だった木蓮も、雨に濡れて、変色してしまっている。

花蘇芳薄紫の花付けり

花蘇芳の花が咲いている。細い木に、へばりつくように花がついているのである。

雨音に目覚めて起きる弥生かな

どしゃぶりの雨で、目覚めた。午前四時であった。トイレへと用を足しに行った。そしてまた眠りに就いた。

レンギョウの花の咲きたる弥生かな

黄色い花が咲いている。早春である。

花冷えに鶯の声冴え渡る

寒く、気温は十度しかない。鶯が鳴いている。初鳴きは、もう三月の初め頃であった。

花冷えに咲き始めたる八重桜

八重桜が咲いている。寒緋桜の花も咲いている。春の訪れを感じる今日、この頃である。

一九九九年三月二十八日記

今日は、父方の祖母の命日である。松本キヤという名前《なまえ》であった。

春昼や手持ち無沙汰の午睡かな

季節は、春である。本も読む気がなく、何となく手持ち無沙汰な午後である。昼寝をしているのである。

二十九を福と読みかゆ弥生かな

私は、縁起をかつぐ方である。二十九を二重苦ととらえていた。悪い方へと引っ張っていたのである。二十九は、幸福の福である。母は、私に招き猫を買うように言ったり、買ってもくれた。金運は、上昇とまでは、行かなくても、倹約している。

オフコース君住む街へ行きし春

オフコースの歌の中に、「君住む街へ」という歌がある。私は、この歌を聞いて、「君」を「天皇」と解釈して、昭和天皇の御闘病中に聞いていた。「その命が尽きるまで」という歌詞があった。最近もよく聞く。

花曇薄紫の花蘇芳

曇っている。この所、天気が悪い。雨が降っている。恵みの雨である。四月十五日まで、減圧給水は延期されている。節水に努めるだけでいいのである。

一九九九年三月三十日記。

今日は、姪と上の姉がやってきた。母の誕生日には来られなかったのである。

四月馬鹿ついては悪き嘘もあり

今日は、APRIL　FOOLである。言っていい嘘と悪い嘘とがあるのである。

四月馬鹿消費税取る馬鹿野郎

十年前の今日に、消費税は、強行導入された。その後、見直しをした。そして、一九九九年度予算が成立して、消費税を福祉目的に使うという事に決まったのである。

四月馬鹿キッパリ廃止と庶民かな

十年前は、国民は、消費税は、きっぱり廃止という審判を下して、自民党は、大敗したのである。

八重桜咲いて吾が家の花見かな

四月三日に母が花見をすると言って、御馳走をした。冷や酒を飲んだ。

暖かや八重桜の花咲きにけり

季節は春である。暖かな日である。八重桜が咲いているのである。

春光や木々の葉緑に輝けり

春の光の中、木々の葉は、光を浴びて、輝いているのである。

春昼や眠気覚ましのコヒーかな

春の午後、コタツで眠っていた。眠たくて、眠たくて仕方なかった。眠気覚ましにコーヒーを飲んでいるのである。

春眠や早起きをする卯月かな

このところ、午前七時過ぎには起きている。春眠暁を覚えずという漢詩の世界のように、眠たいのを我慢して、早起きをしているのである。

春昼や眠り込みたき卯月かな

春の長閑かな日である。コタツのなかにはいって、眠り込みたい一時である。

俄雨降り止みて後花曇

突風や雨の降る日である。雨が止んで、曇っている。花曇である。

満開の八重の桜の浮き立てり

八重桜は、満開である。長閑かな午後に、その桃色の花が満開となって、咲いているのである。

春風に散り始めたる桜かな

ソメイヨシノは、もう盛りを過ぎて、花弁が春風に吹かれて、散り始めているのである。

菜種梅雨鶯の啼く卯月かな

四月も上旬を過ぎて、鶯が啼いているのである。

桜散り道を花弁で埋めにけり

バケツ店の倉庫の近くに、桜が咲いていて、春風に吹かれて、散っているのである。舗装された道には、その花弁が一杯落ちていて、道を埋めているのである。

春昼や咲き始めたるつつじかな

春の長閑かな日である。土手に植えているつつじが咲き始めているのである。

春雨や八重の桜の散りてけり

春雨に打たれて、八重桜の花が落ちているのである。

八重桜散りて小径を埋めてけり

八重桜も散って、玄関から車庫へと行く、入口の道を埋めているのである。

しとど降る雨に打たれる八重桜

しとしとと春の雨が降っている。ピンク色の八重桜の花が、雨に打たれているのである。

春の雨蛙鳴くなり卯月かな

午後六時頃から雨が降りだして、荒れた田で、蛙が鳴いているのである。

満開のつつじ咲きたる卯月かな

つつじが満開となっている。土手の周りには、つつじが植えてある。家は、小さいが、庭は広い。つつじは、今が見頃である。

鶯の啼くや春のうららかさ

鶯が啼いている。長閑かな春の日である。

春昼や窓越しに見ゆつつじかな

春の長閑かな昼下がりである。出窓を開けると、つつじの花が見えるのである。

満開のつつじ目に染む卯月かな

つつじの色は、赤や紫である。目に染みるように咲き乱れているのである。

五月雨は愛しき女を連れてくる

一九七四年五月十八日土曜日の午前中は、大雨が降っていた。昼食をとるために、熊文教キャンパスまで、電車に揺られて行った。抑え切れぬ恋心があった。激しく降る雨の中を彷徨った。今も、激しく雨が降ると、その女性を思い出すのである。

五月雨は儚き恋を連れてくる

前句と同じである。恋は実らなかった。しかし、今も、心の絆は、切れていないような気がする。

五月雨は遠き昔へ吾を帰す

激しい雨が降ると、いつも昔の恋人の事を思い出すのである。

風薫る五月の夕暮れ夏近し

五月に吹く涼しい風を風薫ると云う。もう暦の上では、夏である。

風薫る鶯の啼く五月かな

鶯がまだ啼いている。もう五月も半ばである。

目に青葉鶯の啼く五月かな

もう夏が近い。あと二カ月もすると夏本番である。

目に青葉山ほととぎす五月かな

もう夏である。ほととぎすの鳴く季節となったのである。

初夏や愛しき女を思ひ出す

初夏になって、遠い昔に出会った女性の事を思い出しているのである。

初夏や大雨降りし日もありき

一九七四年五月十八日土曜日は、朝から激しい雨が降っていた。

初夏や叶わぬ恋を忘れたし

二十年以上も経っているのに、まだ昔の事を思っている。忘れてしまいたいものである。

五月晴れ青空見上げし日もありき

高校の卒業式を終えて、希望に満ちていた。その日に見上げた青空も今は見えないのである。

更衣するには早しジャージ履く

まだ半ズボンを履くには、少し早すぎる季節である。

五月晴れ手持ち無沙汰に歌を聞く
何も手につかない時は、歌を聞いているのである。

梅雨晴れ間扇風機出す暑さかな
初夏となり、汗ばむ程の陽気である。扇風機を出した。

五月晴小鳥囀る夕べかな
五月晴れの夕方になって、小鳥が囀っているのである。

更衣半袖シャツと半ズボン
六月一日は、更衣の日である。少し肌寒い気もする。

梅雨晴れ間谷に響くや鴉かな

梅雨の晴れ間に、鴉が声を上げて鳴いているのである。

乍雨乍晴や梅雨かな

晴れては、雨が降り、止んでは、晴れている。古語では、降りみ降らずみと云う。梅雨の晴れ間に、良く見られる光景である。

梅雨空に洗濯物を出し入れす

雨が降ったり、止んだりしている。天気になったかなと思い、母は、洗濯物を外へと出した。間も無く、また雨が降りだしたのである。乾燥機がない。梅雨の頃には、良く目にする光景である。

雨戸桶を伝わり落ちる梅雨かな

激しく雨が降り続いている。土手が崩れた。父は、八十三歳にもなるのに、力は少しも衰えていない。私のような弱い人間はいない。

蟬時雨梅雨は明けたか夏至る

蟬が鳴いている。梅雨があけたのか、まだなのか。すっきりしない天気である。もう夏が来ていたのである。

法師蟬鳴きて谷間の暑さかな

法師蟬が鳴いている。夏も本番である。

しとしとと雨降る朝や蟬時雨

朝から雨がふっているが、蟬が鳴いている。台風5号がやってきたのである。

台風の通り過ぎて後蟬時雨

台風一過、蟬が鳴いているのである。

しとしとと雨降り頻る文月かな

しとしとと雨が降っている。七月は、文月と云う。

梅雨明けてされど雨降る冷夏かな

梅雨明け宣言から一週間経った。今年の夏は、凌ぎやすい。

夏と言え雨足強き文月かな

夏というのに、台風の吹き返しで、雨足が強い。

父の背や祇園祭りの花火かな

私が小学生の頃に、父は50 ccのカブの荷台に乗せて、花火を見せに連れて行ってくれた。花火は、秋の季題である。子供のする手花火は、夏の季題である。父は、もう年老いてしまい、ボケている。白内障の手術を控えているのである。父の趣味は、油絵を描く事である。最近、また絵を描いている。来年五月の市民展に出すと言っている。

昼は蟬夜風冷たき秋近し

昼間は、蟬が鳴いている。網戸越しに、冷たい風が入ってくるのである。暦の上では、もう秋である。

土砂崩れ汗ばむ程の暑さかな

今年は、最悪である。年明け早々、小屋を取り壊した。次には、父が入院した。そして、雨のために、裏の土手が崩れて、泥の除去作業をしなくてはならなくなった。

蟬時雨涼しき風入る九月かな

法師蟬が鳴いている。秋が近く、網戸からは、涼しい風が入ってくる。もう九月である。

大雨の降り止みて後蟬時雨

今年の夏は、凌ぎやすかった。どしゃぶりの雨模様の天気であった。雨音が激しく、屋根からは、雨粒が落ちていた。

蟬時雨鳴り止まぬ程の暑さかな

この二・三日は、暑い日々が続いている。

法師蟬鳴きて夏の終わりかな

法師蟬は、秋の季語である。つくつくぼうし、つくつくぼうしと鳴く。私の父は、「ズクッショの鳴きよる」と言った事がある。つくつくぼうし、つくつくぼうし、ずくっしょ、ずくっしょと法師蟬は鳴く。

法師蟬秋が来たと鳴き続く

法師蟬が鳴いている。もう秋が近い。夜には、鈴虫が鳴いている。私の生活は、毎日家に引き籠もっているという現状である。残暑をどう過ごし、どう生きて行くべきか？

涼風や夏の暑さも彼岸まで

涼しい風が吹いている。もうすぐ秋分の日である。暑さがぶり返している。

孫の手で背中を掻く父敬老日

父には、孫が五人いる。九月十五日は、敬老の日である。今年は、母の実家から叔父夫婦がやってきて、握り寿司を持ってきた。

彼岸入りまだまだ続く暑き日々

秋の彼岸に入ったというのに、暑い日が続いている。母の実家から従妹がやってきて、「ぼた餅」を持ってきた。母は、実家へとお礼の電話をかけた。母がひとりで、交際をしている。母に代わる女性はいない。父は、私に向かって、「結婚する気はなかとね?」と尋ねた。仕事も満足に出来ぬような私に、結婚等出来る訳がないのである。職に就いていた頃に、結婚する機会があったが、私は臨時でしかなかったのである。三井生命しかり、松田九郎氏秘書しかり、昭和しかりであった。父は、「僕一代で終わり」と諦めた口調で言った。

法師蟬鳴きて夏に別れ告ぐ

もう秋である。法師蟬が鳴いている。彼岸に入り、明日は、秋分の日である。

夜来の雨降り止みて後法師蟬

夜中に雷雨があり、慌てて出窓のガラス戸を閉めた。朝まで雨が降っていた。雨が止んだ後は、法師蟬が鳴いているのである。

夕暮れに法師蟬鳴く九月かな

秋の初めである。夕方になって、法師蟬が鳴いているのである。九月も終わろうとしている。

九月尽凌ぎやすき日続きけり

九月も終わろうとしている。気温は、二十四度位である。凌ぎやすい陽気になっている。

秋晴れや庭の虫達鳴きにけり

今日は、快晴である。秋晴れのいい天気である。秋の虫達が鳴いている。

枯蟷螂いそいそいそと歩きけり

もう秋である。緑色から茶色へと体が変色している。蟷螂は、秋の季語である。

風もなく空澄み渡る初秋かな

風がなく、空は青々としている。秋の初めである。

物を焚く煙棚引く初秋かな

近所の人が、荒れた田で、枯れ草や竹を燃やしているのである。

一九九九年十月一日記

今日から十月である。古語では、神無月と云う。八百万の神様が、出雲大社に集まる月である。出雲では、神あり月と云う。ふと昔の事を思い出した。ずーずー弁は、島根県でも使われていると……。松本清張という人の作品の中に、「砂の器」という作品がある。私は、原作を少し読んだ。映画化されたのを二度見た。鳥取駅が映し出された。私は、二十一の時に、家をあとにして、正月、正確には元旦の夜を鳥取駅で過ごした。二十二の時には、長崎の街に居た。

涼風の吹きて青空神無月

この句は、十月四日に詠み、今日修正した句である。涼風は、夏の季語である。「歳時記」には、夏の季語として掲載している。原句は、秋風であった。俳句の読み方に、難がある。まだまだ未熟である。

金木犀咲きて秋の到来す

金木犀の花が咲いている。背丈は、６ｍ位ある。母は、その匂いが嫌いである。

富有柿滅法生りて鵯来る

季語は、柿である。父は、畑へと出かけて、柿を取って来た。庭の前にも、柿が生っている。沢山ある。ふと思いついた。近所の人から栗を貰った。そのお礼は、まだしていない。ｇｉｖｅ　ａｎｄ　ｔａｋｅである。父や母は、交際が上手である。母がひとりで、交際をしている。家事一切である。今日も、ＪＵＳＣＯへと買い物に出かけた。

秋めいて遠くに鵯の鳴く声す

季節は、もう秋である。遠くで鵯の鳴く声が聞こえてくるのである。

蟷螂の轢かれて哀れ死にてけり

道を歩いていたら、カマキリが死んでいた。車に轢かれて死んだのであろうか？　蟷螂は、秋の季語である。晩秋になると、体の色が変わる。緑色から茶色へと変色するのである。茶色に変色した蟷螂を枯蟷螂と云う。

神無月半袖シャツでは肌寒し

十月に入ってから、まだ九月中旬の暑さが続いていた。今日は、大陸から寒気が流れ込んで、肌寒い日になっている。半袖のTシャツでは、少し寒いと感じる季節となった。

一九九九年十月十六日記

今日は何の日かという問いあり。原子力船むつが佐世保港へと入港した日である。丸二十一年経つ。私は、自宅に居て、むつが入港してくるのをテレビで見ていた。私は、反むつ集会に参加していた。むつは、みらいと変わり、日本からは、原子力船が消えた。原発はある。俳句を詠む私が、政治的な事について関心を持つのは、まだ「文人」になりきっていないからであろうか？　空しい気持ちがあった。むつ問題が片付いてからは、ぽっかり胸に穴が開いたような気がしていた。今から先、作家としての地歩を固める事が出来るのであろうか？　沢山の書物を読んだ。まだまだもっと本を読む必要がある。政治の世界には入れない。私は、それ程清潔な人間ではないから。両親より先に逝こうとしていた。両親の面倒を見ていくのである。私の役割は、買い物とATMへの預入と灯油をタンクに入れる事、そしてお湯を浴槽に入れる事ぐらいのものである。私は、死ぬまでの時間を精一杯生き抜いて行きたい。

秋の雨心洗はる夜もありき

季語は、秋の雨である。昭和四十九年十月十八日金曜日の夜に、雨が降った。心も体も洗われるようなカタルシスを感じた。Nさんが心を変えたのである。私は、Mくんのところへと戻って欲しかった。あの大雨の日の出来事が、Nさんの心に刻印されていたのである。私は、人を傷つけたくはなかった。十九の頃の事がきのうの事のように、思い出されるのである。

秋の夜は愛しき女を連れて来る

前の句と同じである。

夜も明けて駅へと急ぐ神無月

秋の雨が降った翌日に、私は帰省した。長崎駅で列車を待っていた。

一九九九年十月十九日記。私の心は、昔へと向かっている。「松本さん、私を貰ってよ」という女性の声がする。O君であろうか？　十二年と八カ月経っている。紙数は、まだ一杯あるが、この辺で止めておく事にする。

秋日和花蘇芳の花咲けり
寒暖の差があり、季節外れの花が咲いている。薄紫の花が咲いている。

枯蟷螂自然へ返す吾に挑む
蟷螂は、自然界の生物である。家の中へと入ってきた蟷螂を外へと出してやったのである。

人は皆自然の一部と秋の暮

人間は、自然の一部である。自然を大切にするという考え方で、開発を進めて行くという姿勢が必要である。

晩秋やしとど雨降る十一月

暦の上では、もう冬である。気圧の谷がきて、雨が降っている。

秋晴れの陽射し眩しく風強し

今日は、秋晴れのいい天気である。風ではなく、俳句では、野分と云う。

野分して田の草々のなびきけり

俳句の世界では野分と云う。荒れた田に生えている草が風になびいているのである。

一九九九年十一月十三日記

姪が妊娠している。今度は、流れぬように、赤ちゃんが生まれてくるといいのだが……。

野分してバタンと閉まるドアの音

昨日詠んだ句である。出窓を開けっ放しにしていたら、風でドアがバタンと閉まったのである。

秋霖や愛しき女を思ひ出す

外は、雨が降っている。二才年上の女性を思い出しているのである。今年も残り少なくなった。吉幾三さんの「雪國」を聞きたくなっている。まだ愛は、消えていないのかも知れない。

北風や愛しき女を思ひ出す

季節風が吹き、真冬に会いにきた女性を思い出すのである。もう忘れなくてはならないのである。

霜月や寒さを凌ぐ日向ぼこ

寒気が流れ込んで、寒い朝を迎えた。最低気温は、十度くらいである。お縁に寝転んで、日向ぼっこをしているのである。

コーヒーで体をあたたむ寒さかな

朝早く起きて、朝食をとり、煙草を買い、部屋の掃除をして、コーヒーを飲むという生活をしている。もう冬である。寒さ凌ぎに、熱いコーヒーを飲んでいるのである。

一九九九年十一月十七日記

今朝は寒かった。蒲団を畳む時に、出窓を開けていた。冷気が入ってきた。そろそろこたつの季節になる。我が家では、十二月に入ってから、こたつを出す。ストーブはなく、ファン・ヒーターがある。

小春日や出窓に射し込む日差しかな

今日は、小春日和のいい天気である。出窓には、陽光が差している。

小春日や山影となるこの道よ

小春日和のいい天気であるが、山があり、日差しが遮られて、暗い影となっている。

小春日や日差し暖か眩しけり

立冬を過ぎて、十一月にしては、暖かい日である。日一日と寒くなって行くのである。

肌寒き日々を迎えし霜月よ

十一月に入って、下旬にもなると、肌寒い日々が続く。

カサコソと音立て転がる枯葉かな

枯葉の舞い散る季節になった。

北風に煽られ歩くこの道よ

北風が吹いている。この道を歩いて、買い物へと出かけている。

しとど降る山茶花の花落ちてけり

雨がしとしと降っている。山茶花の花は、もう散り始めているのである。父が掃わいて、花弁をその木の根元へとやっている。

たらちねの母年老ひて睦月かな

母は、父の事で心配している。父がしっかりしてくれればいいのだが……。父は、果たして入院するのか？　老い先短い両親である。

雨の日の午後静かなり睦月かな

今日は、朝から雨が降り続いている。雨音だけで、静かな午後である。

小春日や吠え付く犬は日向ぼこ

今日の午後になって、「アンカー」という店へと買い物に出かけた。いつも吠える犬は、横になって日向ぼっこをしていた。行きも帰りも吠えなかった。

小春日や買ひ物帰りの暖かさ

昨日は、寒く、雪が舞っていた。今日は、朝からは、寒かったが、午後になって、ぽかぽかといい天気になった。5キロの米と焼酎と煙草を買って、帰路に着いた。今日は、暦の上では、大寒である。凌ぎやすい日となっている。

小春日や父外出の頻りなり

父は、朝食後になって、「佐世保に行ってくる」と言いだして、出かけた。昨日は、姉の嫁ぎ先へと行って、昼食を貰って、食べてきた。父は、もう八十四歳を過ぎている。老い先短い？　父である。

山茶花の花落つ道を行き帰る

玄関を出て、少し歩くと、そこには山茶花の花弁が落ちている。昨夜来の雨で、花弁が濡れている。

朝起きて寒さを感ずる睦月かな

まだ寒い日々が続いている。パジャマを脱いで、着替える時は、まだ寒い。冬は、まだまだ続くのである。立春までは、冬である。私の好きな春がやってくるのである。

寒さには負けぬと決める睦月かな

冬には、夏のこころで、夏には、冬のこころで、寒さや暑さに耐えて行く。

小雪舞ひ日差し暖か昼下がり

午前中は、小雪の舞う寒い天気であった。午後からは、日が差して、暖かい天気となっている。

午前中雪雨となる二月かな

朝から小雪の舞う寒い天気である。雪は、いつかしら雨と変わり、春が近づいて来るような天気である。

小雪舞ひ傘差して行く寒さかな

煙草を買いに出かけた。冷たい雨の降る寒い日である。

小春日や思ひ出深き卒業式

佐世保南高校を卒業して以来、今日で、丸二十七年経つ。卒業式を終えて、体育館から出て、見上げた空は、青かった。開放感に溢れていた。

霜降りて寒さ厳しき小春日よ

今朝は、寒く、霜が降りていた。寒さが厳しい。午後からは、小春日和のいい天気である。

老いた父散策をする小春日よ

年老いた父は、酒を一杯飲むようになった。血圧も高い。父の事を心配してる。私は、無力である。

しとしとと春雨の降る弥生かな

今日は、終日雨であった。姉がやってきた。桜餅を買ってきた。私は、一個食べた。
父は、傘を差して、出かけた。迎えに行った。

命尽く日まで輝く弥生かな

私は命が尽きるまで一所懸命生きて行くのである。

春雨は別れし女を連れて来る

雨が降ると、私は二歳年上の女性を思い出す。ふたりの恋は、終わったのである。

初蝶や荒れた田圃を飛び回る

紋白蝶が田圃の付近を飛んでいた。春も近い。今日は、もう彼岸に入っている。私の好きな季節がやってきたのである。

鶯の初啼きするや弥生かな

鶯が啼いている。春も近い。早春である。

人は皆自然の一部と菜の花忌

司馬遼太郎先生は、人間は自然の一部なんだと主張しておられた。私は、大学時代にマルクス主義の立場に立っていた。人間的自然とか自然的人間とかいう思想乃至考え方は、私の知る限りにおいては、マルクスからの影響である。司馬先生は、小学生のために、人を思いやる心を持つようにとの内容の一文を書かれた。誰かが滑って、転んだ。痛かったろうなという人を思いやる心を培うという内容の一文であった。

荒れた田を飛び回るかな紋白蝶

春も深まり、というか春先になり、紋白蝶や紋黄蝶が飛び回っている。田は、荒れる一方である。近所の人は、田圃を畑代わりに使っている。野菜を作っている。

白猫の迷ひ込んだる卯月かな

白い毛の猫がやってきた。野良猫ではなさそうである。私の父は、動物が好きである。昔、犬を飼っていた。ポチという名前がついていた。

著者プロフィール

松本譲二（まつもとじょうじ）

昭和四十八年三月一日　県立佐世保南高等学校卒業
同年四月　長崎大学経済学部経済学科入学
昭和五十七年三月　卒業
昭和五十八年　三井生命外務員　松田九郎氏秘書
昭和六十年二月～平成元年十月
昭和西濃運輸（株）佐世保（営）勤務
現在無職、自宅での療養生活の傍ら、俳句投稿等々

松本猫好句集

2001年1月15日　初版第1刷発行

著　者　松本譲二
発行者　瓜谷綱延
発行所　株式会社文芸社
〒112-0004 東京都文京区後楽2-23-12
電話03-3814-1177（代表）
03-3814-2455（営業）
振替00190-8-728265
印刷所　株式会社 平河工業社

乱丁・落丁本はお取り替えします。
ISBN 4-8355-0957-9 C0092